ROSES ET CYPRÈS

GENÈVE. — IMPRIMERIE PFEFFER ET PUKY, KLÉBERG, 16.

ROSES ET CYPRÈS

POÉSIES

PAR

EUGÈNE DE BUDÉ

PARIS
JOËL CHERBULIEZ, LIBRAIRE-ÉDITEUR
RUE DE LA MONNAIE, 10

GENÈVE
MÊME MAISON, GRAND'RUE, 2

1862

POURQUOI NOUS QUITTER?

I

POURQUOI NOUS QUITTER ?

Oiseau mélodieux, pourquoi ce prompt départ?
Dans les buissons en fleurs, joyeusement tu chantes ;
A peine es-tu perché, lorsque tu nous enchantes,
Que tu traverses l'air et nous fuis sans retard.

Insensé ! j'oubliais l'usage de tes ailes ;
J'oubliais que du ciel l'espace est fait pour elles.

Aimable enfantelet, pourquoi sitôt partir?
A l'aube du printemps, pourquoi quitter la terre?
Mais, l'affreux désespoir, les tourments de ta mère,
Ne sauraient-ils, hélas! un moment t'attendrir!

Insensé! j'oubliais, mon ange, tes deux ailes;
J'oubliais que du Ciel l'espace est fait pour elles.

SOUVENIR DE BAL.

II

SOUVENIR DE BAL.

O poëte ! contemple une vierge qui danse !
N'est-elle pas la fleur qu'un doux zéphyr balance
Au milieu des accords des insectes chantants?
Ou le gai papillon qui voltige au printemps?

Ou le joyeux pinson? l'hirondelle légère?
Ou l'agneau qui bondit en courant vers sa mère?
La fauvette, au matin, qui redit ses chansons,
Dans les roseaux en fleurs et dans les verts buissons?

Terpsichore, Apollon marchent de compagnie.
A dix-sept ans l'on aime, et danse et poésie.
Aussi la jeune fille, en cet âge charmant,
Devrait parler en vers et marcher en dansant.

SI J'ÉTAIS FLEUR.

III

SI J'ÉTAIS FLEUR.

Si j'étais fleur, au sein des capitales
Irais-je orner les festins de nos rois?
Ferais-je au bal admirer mes pétales?
Pour les cités quitterais-je mes bois?

Me jetterais-je en ces pompes royales
Sur le chemin des orgueilleux vainqueurs?
Irais-je encore aux fêtes théâtrales,
D'un grand talent couronner les honneurs?

Non . . . Au village agreste et poétique,
Dans un lieu saint, béni de l'Éternel,
Je choisirais une chapelle antique
Et resterais pour en parer l'autel.

JOUISSEZ DU PRINTEMPS.

IV

JOUISSEZ DU PRINTEMPS.

Aimables rossignols, qui charmez nos bocages
Par vos tendres accents,
Du triste hiver bientôt gronderont les orages:
Jouissez du printemps.

Agreste liseron, pâquerette gentille,
Petites fleurs des champs,
Dans la ferme déjà s'aiguise la faucille :
Jouissez du printemps.

Jeune vierge au front pur, rivale de la rose :
Encore quelques instants,
Puis l'automne viendra languissant et morose :
Jouissez du printemps.

REGRETS.

V

REGRETS.

Que ne peut-on arrêter les années,
Et demeurer aux heures fortunées
Des beaux jours !
Pourquoi le temps, maître des destinées,
Emporte-t-il nos heureuses journées
Dans son cours?

Que ne peut-on sur la verte prairie
Du papillon perpétuer la vie,
Et le vol !
Pourquoi la fleur vivante, épanouie,
Le lendemain tombe-t-elle flétrie
Sur le sol ?

Que ne peut-on sur la plaine azurée
Toujours voguer sans la foudre amassée
Et les vents !
Pourquoi le ciel voit-il l'ombre abaissée
Changer en nuit sa surface éclairée,
Au printemps ?

Que ne peut-on retirer de la fosse
Ce frais berceau que change un sort précoce
En cercueil !
Pourquoi le temps en sa rigueur atroce,
Assombrit-il tant de robes de noce
Par le deuil ?

MARGUERITE.

NOUVELLE.

VI

MARGUERITE.

INTRODUCTION.

Celle dont la douceur, l'angélique beauté,
Les solides vertus, la grande piété,
Au poëte novice inspirent cette idylle,
Méritait, je le sens, un peintre plus habile.

Un soir, comme j'errais sur les bords du Léman
Et, l'esprit occupé, feuilletais un roman,
Je vis un vieux curé qui lisait son bréviaire
Sous un gros châtaignier à l'ombre séculaire.
De son livre souvent il détournait les yeux
Pour contempler le lac, la campagne et les cieux.
Les oiseaux lui parlaient, et toute la nature
Semblait être à son âme une Sainte Écriture.
Je voulais m'approcher du prêtre de Jésus,
Lorsque soudain tinta la voix de l'Angelus;
Cette pieuse voix, qui, dans la paix profonde,
Paraît un chant d'amour échappé de ce monde.
Le serviteur de Dieu fut longtemps à prier;
Puis, se mettant en route, il gagna Publier,
Hameau savoisien, modeste et poétique :
Douze feux à l'entour d'une église rustique.

J'abordai le vieillard : « Eh! bonjour, mon garçon.
« Vous regagnez Évian, me dit-il sans façon;
« Songez-vous au chemin que vous avez à faire!
« Allons! reposez-vous une heure au presbytère. »

J'acceptai . . . Mon couvert bientôt se trouva mis.
Nous causâmes longtemps comme de vieux amis.
A la fin du repas, le vénérable prêtre,
La table desservie, entr'ouvrit la fenêtre.
Un vent frais et léger nous apportait des bois
Des parfums enivrants, des bruits confus de voix;
La lune se levait, et sa blanche lumière
Dessinait à nos yeux les croix du cimetière.
« Voyez-vous, dit mon hôte en me serrant le bras;
« Voyez-vous, près du mur, cette tombe là-bas?
« Eh bien! c'est une Sœur que le Ciel a reprise
« Avant-hier à la messe : elle est morte à l'église. »

Dans un touchant récit le vieillard s'anima.
On aime à reparler de ceux que l'on aima.
Voici quelques fragments de cette triste histoire;
Je la tiens du curé. Qui ne voudrait y croire?

LA FÊTE-DIEU.

Lorsque dans la campagne on fête le bon Dieu,
Il est un poétique et gracieux usage :
Longtemps on se prépare, et le curé du lieu
Pour la Vierge choisit la fille la plus sage.

Marguerite, l'enfant de pieux laboureurs,
Pour cet emploi sacré, dans Publier fut prise;
Et ce jour, dès l'aurore, avec une des Sœurs,
Elle fit des bouquets pour décorer l'église.

On lui ceignit le front de simples fleurs des champs;
Sa robe était d'un lin aussi blanc que la neige.
Quand tout fut terminé, le service et les chants,
La vierge vint se mettre en tête du cortége.

On voyait s'avancer des bannières, des croix;
De tout petits enfants qui figuraient les anges;
Le curé sous le dais, et de bons villageois
Faisant monter au ciel l'encens et les louanges.

Les fidèles marchaient à travers les moissons
Dans un chemin bordé de buissons d'aubépine;
De leurs nids, les oiseaux envoyaient leurs chansons;
Le marguillier sonnait une cloche argentine.

On s'arrêta bientôt au premier reposoir;
C'est ainsi que l'on nomme une simple chapelle.
Tandis que l'on priait, la brise laissait voir,
Sous le voile, combien Marguerite était belle.

Monté sur un coursier, un jeune châtelain
Venait de s'arrêter derrière une charmille.
Bien vite il écarta les rameaux de sa main,
Et son tendre regard troubla la jeune fille.

LE BAL CHAMPÊTRE.

—

SONNET

Trois semaines plus tard, c'était fête au hameau,
Les filles, les garçons dansaient sous le feuillage,
Et les vieux, attablés à l'ombre d'un ormeau,
Rappelaient, en buvant, les plaisirs du jeune âge.

Marguerite valsait avec un jouvenceau,
Un gars de dix-neuf ans, un vrai coq de village.
Edmond, le fils aîné du maître du château
Aperçut la fillette et sortit du bocage.

Honneur au châtelain! dit un gros villageois;
Il veut bien honorer le bal de sa présence.
Avec nous Monseigneur n'est pas fier, je le vois.

Honte à vous! jeunes gens, dont la perfide voix
Dans une âme paisible apporte la souffrance,
Et vient troubler un cœur pur et sans défiance!

JOURS HEUREUX.

Depuis ce jour souvent, au fond des bois,
Ou près du lac, dans la verte prairie,
Ils s'égaraient, unissant leurs deux voix
Dans une longue et tendre causerie.

Là, sans témoins, loin des yeux indiscrets,
Seuls au milieu d'une agreste nature,
Ils se disaient les sublimes secrets
Qu'à son printemps tout cœur humain murmure.

Jours embellis du plus riant espoir !
Matin de l'âme où la sainte innocence
Laisse ignorer les orages du soir,
Quand on vous perd, qu'importe l'existence !

Il était tard. Le couple babillait
Comme la veille, à l'ombre d'un vieux chêne.
La jeune fille en causant travaillait ;
Edmond soudain parla de son domaine.

Ces champs, dit-il, ces vergers sont à moi.
Dans ce château puis-je te rendre heureuse ?
Prononce un mot : demain tout est à toi.
Elle resta longtemps silencieuse.

LA RENCONTRE.

Un matin Marguerite, au lever du soleil,
Allait vendre au marché des œufs et du laitage,
A l'heure où les pinsons de leur joyeux ramage
Saluaient la nature à son premier réveil.

Tandis que vers Thonon gaîment elle chemine,
Elle voit, près de là, Pierre son fiancé.
Notre pauvret, laissant le sillon commencé,
Lui dit avec tristesse à travers l'aubépine :

Qu'ai-je fait? Ton regard semble éviter le mien.
Dis-moi ; ne suis-je plus ton ami véritable?
Les méchants, à tes yeux, m'ont-ils rendu coupable?
Voilà plus d'un grand mois que tu ne me dis rien.

SEULE.

Au rendez-vous d'amour pourquoi venir si vite,
Le cœur rempli d'espoir, crédule Marguerite?
Dans le taillis ombreux d'un vallon éloigné,
Ce soir, tu seras seule à l'endroit désigné

Edmond ne venait pas. Marguerite inquiète
Souvent vers le manoir tournait sa blonde tête.
O surprise! Elle voit au pied d'un arbrisseau
Un élégant billet, scellé d'un large sceau.

Elle lit tout émue ; elle frémit, chancelle.
« Ayez pitié de moi, mon Dieu ! s'écria-t-elle.
« Malheureux ! qu'as-tu fait? qu'as-tu fait de ce cœur
« Sur lequel je fondais ma joie et mon bonheur?

« Je te croyais fidèle . . . Hélas ! quelle franchise !
« Où donc est cette foi que tu m'avais promise?
« Où sont ces vœux ardents et ces serments d'amour,
« Qu'hypocrite et trompeur tu formais chaque jour?

On entendait au loin le bruit sourd du tonnerre,
Le ciel s'obscurcissait, et le bois solitaire
Commençait à gémir sous les efforts du vent.
Le deuil enveloppait la nature et l'enfant.

RETOUR A PUBLIER

Marguerite, au retour, ne sentait plus l'orage ;
Son amère douleur éclatait en sanglots,
Et parfois son esprit égaré par la rage
L'entraînait vers le lac où mugissaient les flots.

A ses pleurs répondait la fureur de la vague;
Dans le ciel nulle étoile, en son cœur nul espoir.
Tout à coup un éclair fit briller cette bague
Qu'Edmond avec transport à son doigt mit un soir.

Son désespoir alors, ce fut de la démence.
« Malheureux! disait-elle, ah! tu veux m'outrager!
« Ton crime est accompli. » Puis avec violence,
Folle, elle s'écriait: Je saurai me venger.

Nourrissant en son âme une profonde haine,
Elle allait au hasard à travers prés et bois;
Quand soudain, au détour du chemin, vers un chêne
De Jésus, à ses yeux, s'offrit la sainte croix.

Elle tombe à genoux . . . La fervente prière
Dans son âme irritée engendra le pardon.
Longtemps elle resta, mains jointes, sur la pierre,
Oubliant près de Dieu son cruel abandon.

Elle se lève enfin, sereine et consolée :
Jésus calme les cœurs qui savent le prier.
L'orage s'éloignait et la voûte étoilée
Guidait de ses lueurs l'enfant de Publier.

VOCATION.

Un soir, autour d'une convalescente,
A Publier, on veillait près du lit.
Un digne prêtre à la voix consolante
S'approcha d'elle et doucement lui dit:

« Que ferez-vous, quand vous serez guérie ;
« Quand le bon Dieu vous rendra la santé? »
Elle reprit d'une voix affaiblie :
« Je me ferai Sœur de la Charité. »

Dans le secret, la pauvre Marguerite
Priait tout bas le grand Consolateur,
Disant : « Seigneur ! oui, votre voix m'invite.
« Guérissez-moi. Je suis à vous, Seigneur. »

FRAGMENTS

D'une lettre de Marguerite au curé de Publier,

datée de Crimée, où elle s'était rendue avec l'armée piémontaise. . ·

Vous m'avez souvent dit : « Patience, ma fille.
« Pour toi les malheureux seront une famille. »
Dans mon cœur agité je sens naître la paix,
Et de l'amour de Dieu j'éprouve les bienfaits.

Je vois tant de blessés à leur moment suprême.
Partageant la souffrance, on souffre moins soi-même.
Le spectacle émouvant de ces pauvres soldats
Mutilés par le fer et le feu des combats,
A produit sur mon âme une impression vive.
J'étais, à mon début, effrayée et craintive . . .
L'aspect de l'hôpital et les cris déchirants,
Tous ces livides fronts, le râle des mourants,
Durant les premiers jours ont ébranlé mon être.
Mais, j'eus honte en pensant à l'exemple du Maître,
Il faut agir . . . Hélas! la sensibilité
Étouffe trop souvent l'esprit de charité.
La pitié sans les soins est au fond l'égoïsme.
C'est en domptant la chair qu'on marche à l'héroïsme.

Maintenant, sans terreur je puis fixer la mort;
Encore un peu de lutte et nous entrons au port,
En songeant au hameau je n'ai plus d'amertume.
Mais il est tard, mon père, il faut poser la plume.

LUI !

C'était jour de combat, déjà l'on entendait
Le sifflement du plomb, le canon qui grondait.
L'hôpital était morne. On porta dans la salle
Un officier mourant atteint par une balle.

Autour de l'officier une Sœur s'empressa.
Bientôt à son chevet Marguerite passa,
Et rompant tout à coup le lugubre silence :
« C'est lui! . . . s'écria-t-elle. O sainte Providence! »

Elle tombe atterrée, ayant perdu ses sens,
Et froide sur un lit demeure quelque temps.
La doyenne des Sœurs dit à son entourage :
« Elle a peur ; elle est jeune ; on comprend, — à son âge.

PARDON.

Le blessé n'avait plus à vivre qu'une nuit,
Et le timbre lugubre avait sonné minuit.
Marguerite à genoux faisait une prière ;
Sur la table une lampe à la faible lumière

De ses rayons tremblants éclairait à demi
Le visage altéré du jeune homme endormi.
Parfois il retombait dans un affreux délire ;
Et dans sa fièvre ardente il se prenait à dire :
« Publier !... Marguerite !... O mon Dieu, les beaux jours !
« Perfide que je suis ! O mes chastes amours !

Au milieu de son rêve il ouvrit la paupière,
Animma son regard, à son heure dernière :
« C'est bien elle ! . . . O ma Sœur, me pardonneras-tu ?
« Oui, tu peux d'un seul mot couronner ta vertu . . . »
La Sœur, interrompant ces phrases commencées,
Posa le crucifix sur des lèvres glacées.

« Jeune homme, encore un mot, » ajouta le vieillard,
Reportant sur la tombe un humide regard :

« Marguerite au pays revint après la guerre,
« Et fut par ses bienfaits l'ange de la chaumière ;
« Son corps par le chagrin fut miné sourdement ;
« Et dimanche la Sœur mourut subitement.

FIN.

« Elle a trouvé la paix dans une autre demeure.
« Quand on est préparé, qu'importe que l'on meure !
« Tout en pleurs la paroisse a suivi son cercueil ;
« J'en suis au désespoir ; le village est en deuil. »

Puis lui serrant la main, je dis : Merci, mon père.
Je quittai Publier et son vieux presbytère,
Et suivis le vallon par la lune éclairé
Repassant tout ému le récit du curé.

FLEURS DE PRINTEMPS.

VII

FLEURS DE PRINTEMPS.

Dans un riant jardin où la fleur printanière
Répandait son parfum, jouait près de sa mère
Un tout petit garçon. La mère était en deuil.
Mélancolique et pâle, elle avait toujours l'œil
Sur ce fils, saint trésor d'amour et d'innocence.
Le sourire parfois se mêlant au silence,
Comme une ombre passait : un cruel souvenir
De la veuve troublait le rêve d'avenir.

L'enfant tout consterné de voir ces yeux humides,
A sa mère adressait des paroles candides.
Il disait d'un ton doux : « Bonne maman, pourquoi?
« Pourquoi toujours pleurer? Je suis auprès de toi ;
« Et le temps est si beau! Le papillon voltige ;
« L'oiseau chante pour nous; la rose sur sa tige
« Se balance au soleil. — Maman, ne pleure plus.
« Je veux être bien sage et vais prier Jésus. »
La mère alors le prend et dans ses bras le presse,
Le couvre de baisers, l'accable de tendresse.
« Je ne veux point, mon fils, voir ton cœur attristé ;
« Les larmes sont pour moi ; mais pour toi, la gaîté.
« Viens, mon Alfred, allons visiter le parterre
« Et ces vergers en fleurs, lieux aimés de ton père. »

« — Volontiers. Et je cours dans mon petit jardin,
« Remuer le terreau tout près du vieux jasmin,
« Y creuser un sillon ; et, dans l'été, mes graines
« Mêleront leur parfum à celui des verveines. »

— Pendant tout ce travail, la veuve l'observait,
Et son œil maternel avec soin le suivait :
« Que sera mon Alfred, si Dieu lui prête vie? »
Disait tout bas la mère avec mélancolie ;
« Que sera l'arbrisseau, lorsqu'il deviendra grand?
« Je suis seule, ô mon Dieu ! S'il me perd, pauvre enfant,
« Quel est son avenir? Des yeux si pleins de charmes,
« Devront-ils, ici-bas, toujours rouler des larmes.
« Non, non . . . je le pressens : je verrai son bonheur ;
« Car d'un secret espoir qui fait battre mon cœur,
« Jaillit en mon esprit la rapide étincelle.
« Je vivrai pour mon fils ; à l'aider Dieu m'appelle.
« C'est la loi de ce monde : il faut bien, je le sens,
« Tout en pleurant les morts avoir soin des vivants.
« N'est-elle pas, d'ailleurs, cette douce figure,
« De celui que j'aimais la vivante peinture.
« En suivant d'ici-bas le pénible chemin,
« Alfred, marche sans peur, je te donne la main.
« Après le bon Sauveur, c'est moi qui te protége.
« . . . O Dieu des malheureux que ton amour allége,

« Accorde à l'orphelin ton souverain appui !
« Que ta grâce descende et repose sur lui !
« Éloigne le péché ; conserve l'innocence !
« Que soient purs à toujours son cœur, sa conscience !
« Qu'enfin ses yeux, reflet d'une douce candeur,
« N'aperçoivent jamais le vice et sa noirceur !
« Mais s'il devait faillir, transgresser ta Parole,
« Que vers toi, comme un ange, à l'instant il s'envole ! »

— Et quelques jours après, un tout petit cercueil
Couronné d'aubépine entrait au champ de deuil.
Sur la tombe on planta les fleurs qu'avait semées
Au mois de mai l'enfant, et qu'il eût tant aimées.
Et vers la froide pierre, une femme, le soir,
Tout en pleurs s'inclinait en disant : *Au revoir !*

RIEZ, MÈS ENFANTS.

VIII

RIEZ, MES ENFANTS.

Je ne veux pas voir pleurer les enfants·
C'est la gaîté qui convient au jeune âge.
Trop tôt viendront et la neige et l'orage;
Enfants, riez; vous êtes au printemps.
Je ne veux pas voir pleurer les enfants.

— Riez toujours, enfants de la famille;
Séchez vos pleurs; le soleil est si beau!
Dans ses rayons, c'est le bonheur qui brille.
Répondez vite aux chansons de l'oiseau;
Allez au bois; et si, dans le hameau,
Vous rencontrez le maître de l'école
Qui fait trembler par son affreux regard,
Sans vous gêner, dites-lui de ma part
Que les beaux jours où le papillon vole,
L'oiseau gazouille et la rose fleurit;
Où le nuage est si loin de la terre,
Sont d'heureux jours que le bon Dieu bénit;
Que les enfants ont besoin de lumière
Comme les fleurs; qu'il leur faut le soleil,
Le rire franc, la chanson au réveil;
Et que l'étude est pour les jours de pluie
Où, sans soleil, le pauvre enfant s'ennuie.

Ne croyez pas . . . (vous vous tromperiez bien)
Que je pleurais aux jours de ma jeunesse.
Moi, j'emplissais la maison d'allégresse
Et mes parents me surnommaient vaurien.

Je désertai le nid de mon enfance;
Je voyageai, je parcourus la France;
J'eus des revers, des épines sans fleurs;
Et néanmoins, au fort de mes malheurs,
Dame Gaîté fut toujours ma compagne.
— Plus tard, dragon, je fis une campagne.
Joyeux, caustique, aux portes du trépas,
Par un bon mot j'animais les soldats.
Gloire et plaisir, telle était ma devise.
Doit-on pleurer quand une ville est prise?

— Mais de l'amour ne parlerai-je pas?
Non, mes enfants : respect à l'innocence!
Devant vos cœurs mon cœur doit se voiler.
Que de secrets pourrais-je révéler!
O souvenir, tu n'es pas l'espérance!
Premiers beaux jours, pourquoi vous envoler?

Hé! mes amis, votre riant visage
S'est assombri! . . . Riez, riez . . . Je veux

Voir rayonner tous ces jolis yeux bleus.
Allons! riez. Voudrais-je davantage
Qu'un rire franc? . . . Riez, mes bons neveux.

Encore un mot, pour finir mon histoire.

. . . .

Un soir d'hiver, par une nuit bien noire;
(Vous ne riez. Pourquoi donc avoir peur?)
De ce château je franchissais la porte,
Lorsque soudain ma mère, sur son cœur
Vint me presser . . . Mais; que dis-je? O douleur!
. . . Dernier adieu! . . . Ce jour même elle est morte . . .
J'aime à revoir son portrait sur le mur.
Elle sourit : c'est pour vous, j'en suis sûr.
Quoi! vous pleurez! — Et moi, vieux militaire,
Je fonds en pleurs . . . Écoutez, mes enfants :
Jamais . . . jamais on n'oublie une mère . . .
Ah! puissiez-vous conserver vos parents.

LE CIMETIÈRE DE CAMPAGNE.

IX

LE CIMETIÈRE DE CAMPAGNE.

Je n'ai point peur du cimetière.
J'aime à rêver sur les tombeaux ;
J'aime à lire sur chaque pierre
L'espérance de jours nouveaux.

Qu'importe un sépulcre superbe !
Ne le disputons point aux rois.
Nous, pauvres gens, dormons sous l'herbe,
Sous le cyprès et sous la croix.

Moi, j'aime les tombes tranquilles
Loin du monde et de ses tourments.
Je plains les morts des grandes villes
Écrasés sous des monuments.

L'heure du soir est favorable ;
Le calme sied au champ de deuil.
Quand les troupeaux vont à l'étable,
Du repos je franchis le seuil.

Je vois au travers de la branche,
Aux lueurs de l'astre couchant,
La pauvre mère qui se penche
Sur le tombeau de son enfant.

Près d'un tertre une jeune femme,
Que le soir ramène en ces lieux,
D'un tendre amour pleure la flamme
Qui doit se rallumer aux cieux.

Sous un cyprès au noir feuillage,
Je vois l'emblème du trépas
D'un camarade du même âge
Que j'aimais le plus ici-bas.

Alors je dis sur cette tombe,
Priant celui qui nous sauva :
« Encore une feuille qui tombe !
« Encore un ami qui s'en va ! »

HÉLÈNE.

ROMANCE.

X

HÉLÈNE.

Dans son berceau je la voyais un soir,
Le front serein, dormant près de sa mère.
Tout en priant je fondais mon espoir
Sur la fraîcheur de la fleur printanière.

Et je disais : « Que cette tendre fleur
« Soit à l'abri des autans en colère !
« Que son parfum s'exhale sur la terre !
« Qu'Hélène enfin trouve ici le bonheur ! »

Dormez, dormez, mon bel ange.
Les rayons d'un pur soleil
Attendent votre réveil :
C'est un bonheur sans mélange.
Dormez, dormez, mon bel ange.

Vingt ans après, je l'admirais un soir,
Dans un grand bal dont elle était la reine,
Semblable au lis ; je crois encor la voir.
Qu'elle était belle et pure, mon Hélène !
Soudain je vis dans ses regards troublés,
D'un premier feu la divine étincelle.
Je dis : « Amours, volez, volez près d'elle :
« Il faut aimer. Mes vœux seront comblés. »

Dormez, dormez mon bel ange.
Que l'amour, de son soleil
Éclaire votre réveil !
Qu'il soit pur et sans mélange !
Dormez, dormez, mon bel ange.

Vers l'âtre, un soir, je méditais tout seul,
Quand on m'apprit qu'Hélène avant l'aurore
Revêtirait un funèbre linceul.
Dieu ! quel moment ! Ah ! je frissonne encore.
Depuis ce jour, au rendez-vous des morts,
Je vais prier, rêveur et solitaire,
Et m'inclinant près de la froide pierre,
Comme autrefois je puis redire alors :

Dormez, dormez, mon bel ange.
Dans les cieux un pur soleil
Luira sur votre réveil :
Ce bonheur est sans mélange.
Dormez, dormez, mon bel ange.

TABLE DES MATIÈRES

www.ingramcontent.com/pod-product-compliance
Ingram Content Group UK Ltd.
Pitfield, Milton Keynes, MK11 3LW, UK
UKHW020943180726
13838UKWH00003B/1103

9 782329 070780